Bécassine
au zoo

GAUTIER-LANGUEREAU

les cacahuètes

le gardien

Aujourd'hui, c'est dimanche.
Bécassine passe la journée au zoo.
Elle est ravie d'aller dire bonjour
à tous les animaux.

la tourterelle   la caisse

Bécassine ne sait plus où donner de la tête : Il y a tant d'animaux à voir ! Heureusement, ils sont loin des visiteurs, car certains lui font un peu peur.

l'éléphant

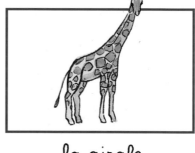

la girafe

le rhinocéros

le chimpanzé

Comme ces faons sont mignons !
Bécassine rêve d'en emporter un
à la maison. Hélas c'est impossible,
le gardien veille.

le koala

l'ourson

la biche

le faon

Mais c'est déjà l'heure du goûter.
Bécassine partage sa barbe à papa
avec les animaux du lac.
Ils n'ont pas l'air d'aimer
beaucoup ça.

le flamant rose

le cygne

le canard

la tortue

Quel est ce grondement là-bas ?
Bécassine se précipite.
C'est la panthère qui rugit.
Quelle frayeur !

le lion

la lionne

le tigre   la panthère

Soudain Bécassine pousse un cri émerveillé : un joli paon fait la roue devant elle . Elle n'a jamais rien vu d'aussi extraordinaire .

la cigogne

le perroquet

le paon

l'autruche

Il faudra qu'elle apprenne ce tour-là aux pigeons du jardin, en rentrant. Le zoo est un monde magique. Quelle merveilleuse journée !

l'otarie

le manchot

l'hippopotame

le zèbre

Réalisation : Atelier JMLF
d'après l'œuvre de Caumery et Pinchon

Nous remercions pour leur collaboration :
Anne Jolly pour la mise en images,
Brigitte Delpech pour les textes,
Isabelle Bochot pour la calligraphie.

© 1996 Hachette Livre / Gautier-Languereau pour la présente édition

ISBN 2.01.390560.2   Dépôt légal n°0275 - Janvier 1996
Loi n°49.956 du 16 juillet 1949 sur les publications destinées à la jeunesse.
Imprimé à Singapour.